オレンジ色のあかり

名嘉実貴 詩集

名嘉 実貴詩集 オレンジ色のあかり——目次

Ⅰ 〈ひとりで〉

Ⅱ　ママの笑顔

装画・さし絵　三田久美子

Ⅰ

〈ひとりで〉

春の声

しず　しず
しず　しず
雪が降っている
草も落ち葉も
かくして
積もり
積もって

森の奥のそのまた奥
巣穴の中で
リスが眠っている
しっぽを毛布にして
ぐるり
からだに巻きつけて

しずけさに包まれて
子守唄の声さえ
聞こえない

ある日のこと

だれかの声が聞こえる

小さな低い声だけど
たしかに
聞こえる

声に揺り動かされ
リスは
うっすら　目を開ける
ゆっくり　起き上がり
巣穴から
ひょっと
頭を出す

やわらかな光が
木々に積もる雪を
照らしている
ぽとり　ぽとり
滴が落ちる

地面が
じんわり　湿っている

リスはかけ出す
声がする方へ
春に呼ばれて

春の筆

つくしがつんつん
あたまを出した
うぐいすが鳴いたから
かえるが目をさましたから
虫たちが動きはじめたから

つくしは描く

北へ帰る
白鳥の群れ

ちらちら散る
梅の花びら
もうすぐ咲こうとしている
木蓮の花芽

春のよろこびいっぱいに
大きな空に
絵を描いた

さくら

かたいつぼみが
ふうっと
息をすって
ほうっと
息をはいたら
ぽっと
花が咲きました

もうひとつ
ふうっとして
ほうっとして
ぽっ

またひとつ
ふうっとして
ほうっとして
ぽっ

空へとのびる枝にも
太い幹にも
木の根っこにも

たくさんの花が咲きました

学校へ行く道が
川の土手が
ひろい公園が
うすももいろになりました

うららかな光をあびて
ひよどりの声を聞いて
ああ　春になったんだねって
春の空気を
ふかく　ふかく
すって

ゆっくり　ゆっくり
はいたから
今年も
花が咲いたのです

ひとりで

わたしのつくえ
わたしの本だな
わたしのおへやをもらった
小学生になったから

でもね
今夜から
ひとりで寝るの

もう小学生だから

ひとりで　だいじょうぶ

おかあさんといっしょに
ふとんをはこんだ
新しいシーツをぴんとはった
かけぶとんとまくらを
そろえた

ひとりで　だいじょうぶ

おかあさんも言っている

ひとりでだいじょうぶ
もう小学生だからって

パジャマに着替えた
あした　着る服を
まくらもとにそろえた
おふとんに入る
なかよしのうさちゃんも
いっしょ
だいじょうぶ　ひとりで

おやすみなさい

おかあさんが
パチンと
あかりを消した

おかあさん
ちょっと　まって
オレンジ色のあかりは
つけてちょうだい

チューリップが咲いたら

みどりいろのつぼみが
ほわほわ　ほわん
ゆるみはじめた
ゆるゆる　ゆるんで
赤いゆりかご
黄色いゆりかご
白いゆりかご
もも色のゆりかご

庭　いっぱいに
咲いた

雨つぶぼうやが
空から　やってきた
白いゆりかごで
ちょっと
ひとやすみ
ふうわり
ゆりかご
ゆれている

雨つぶぼうや

ころ　ころ
ころがりながら
やがて
すやすや
ねむりにおちた

初夏

かけぶとんを一枚
押入れの奥にしまった
たんすの奥から
半そでのパジャマを出した

朝の光が
まぶしく差しこむ部屋で
目をさました

カーテンを開けたら
紅いハナミズキが咲いていた

サンダルをはいて
新聞を取りに行った

隣りの家の庭で
藤の花が
ぶどうのようにゆれていた

こよみの上では
今日から夏

あじさいの葉のうえを
てんとう虫があるいていた

木

キツツキは巣穴をつくり
カブトムシは樹液を吸い

枝を広げ
葉を茂らせ
木かげをつくる
生き物たちが集まり
ひとがくつろぐ

木は誰も拒みはしない
広い心をもって
いつも黙って
立っている

夏の朝

じいちゃんと
手をつなぎ　歩く
畑の道

大きな
節くれだった手が
ナスを
きゅうりを
えだまめを

もいでいく

あけびのかごが
ずしり　重くなる

じいちゃんが
手のひらに
そっと　のせてくれた
トマト
ぽってり　重い

落とさないように
ころばないように

台所へ向かう
ばあちゃんに手渡す

朝ごはんは
なすのおみおつけ
きゅうりのぬか漬け
だしまきたまご

青いお皿のうえ
トマトが
くし形に
ならんでいた

砂場の

これはね
ショートケーキ
これはね
デコレーションケーキ
白い粉
サラサラ　かけたらね
ほら　できあがり
ケーキ　いっぱいありますよ

ケーキ屋さんですよ

砂場が
ケーキ屋さんの夢を
かなえてくれた
今では
砂場はせまくなりすぎた
デコレーションケーキは
もう
つくれない

どこかへ行ってしまった
ケーキ屋さんの夢

でも　今は
台所で
小麦粉とバターと砂糖を使い
クッキーを
たくさん焼けるようになった

はなちゃん

山奥の温泉から
おばあちゃんが買ってきた
おみやげは
頭が大きくて
おちょぼぐちで
目が小さな
木のお人形

ままごとでは
あそべないよ
小さな文句を言った

みぃちゃんに
似ていたからね
おばあちゃんが
ぽそり
言った

こころの奥が

ふわっと
くすぐったくなった

つるつるの頭を
なでてみる
すべすべの肌を
なでてみる

こんにちは
よろしくね
おともだちになってね

こけしさんが

ささやいたみたい
ほんの少し
はにかみながら
ほほえんで

わたしに似ている
こけしさん
今日から　あなたは
はなちゃん
赤い着物が
よく似合うね

つくえのうえに置いた

はなちゃんは
しずかに　ほほえんだ

漢字の書き取りをしている時
分数の計算をしている時
プレイヤーから流れる
英語の発音を練習している時
パズルを解いている時
はなちゃんは
しずかに　見ていた
小さなほほえみを
うかべて

こころがこわれそうになって
泣きたくなった日
はなちゃんが
困ったかおをして
見つめていた
わたしの気持ちを
映し出すように

はなちゃんのほっぺたを
なでた
そっと　わらった

はなちゃんが

ぱっと
わらった
はなちゃんとわたし
うふふ
わらった

さくらんぼ

果樹園のなかから
聞こえてくるよ
チリチリ　チリチリ
鈴の音が
木々に実った
赤い鈴が
チリチリ　チリチリ
うたっているよ

朝の光に
照らされて
月の光に
抱かれて
うれしいんだよ
チリチリ　チリチリ
わらっているよ

もうすぐ
収穫だね

チリチリ　チリチリ
ガラスのお皿の上でも

わらっておくれ
たくさんの
えがおにかこまれて

ねこ

青いお空が見たくなって
青いお空に近づきたくなって
屋根にあがってみた

ちょっと考えごと
たまにひるね
ごろんと　ねそべる

おなか　すいたなあ
ああ　いわし雲
そろそろ
おひるごはんにしよう

十五夜

さらり　さらり
すすきがゆれる
月の夜

耳をすませてごらん
かすかに
かすかに
聞こえてくるよ

笛の音が
流れているよ
たいこの音が
はずんでいる

ほら
見てごらん

明るい月のまんなかで
うさぎが
もちつきしているよ
うさぎたちが

輪になって
手拍子
足拍子

おや
見てごらん

あんころもち
きなこもち
ずんだもち

うさぎたちが
持ってきてくれたんだね

ほらね
てん　てん
　　てん
足あとが
月まで続いているよ

かげふみ

赤や黄色の葉を
落とした分
午後の公園は
あかるくなる

公園にあつまった
なかまたち
いつのまにか

かげふみあそび

黒く　ながい　かげ
右に
左に
追いかけ
追いかけ

ふまれてなるかと
はねて
とんで
はねて
走って　走って

わらいごえが
高く　高く
天へとのぼっていく

ぴかぴかに磨いた
ガラスのような空に
ぶつかり
ぱら
　ぱら
　　ぱら
地面で

はじけて
はずんで

ゆらり
ゆらり
ながいかげ

マッチ棒のような
いちょうの枝を
夕日が
あかるく　照らす

今日　いちにちが

終わろうとしている
そろそろ
帰ろうよ

ぽつり
誰かが言う

なかまたちが去った
公園に
冷たい風が吹く

ほらね

ケヤキの根元のところで
新しい年が
そうっと
待っているよ

てぃだの光

手のひらを
ちくりと刺した
パイナップルはトゲだらけ
おまけに　かたい
包丁だって
痛いよ　かたいよって
悲鳴をあげている
パイナップルが割れた

黄色い光があふれた
みずみずしい香りが広がった

遠い　遠い　シマの
まぶしい　まぶしい
てぃだの光

トゲトゲの
かたいよろいが
ぎゅっとしまっていた
守っていた　てぃだの光
ヤマトの小さな食卓の上
南の太陽が輝いていた

帰宅

リビングで
本を読んでいたら
庭のほうから
声が聞こえる
サッシを開ける

ミケが
ひょいと入ってくる
おみやげをくわえて

今日のおみやげ
ねずみ一ぴき
昨日のおみやげ
トカゲだったね

ありがとう　ミケ
優秀なハンターだよ

もっと　ほめて

らん　らん
かがやく
ミケの瞳

ごほうびは
アジのひらき

ミケが
干物を食べている

こっそり
庭へ行く

そそくさと
獲物を埋める

明日は
何を持ってくるやら

ミケが
ほこらしげに
前足をなめている

空地

ほうら
つかまえてごらん

しっぽをゆらす
かあさん
前あしで
つかまえようとしたら
ひらり

ひらり
にげていった
しっぽ
おいかけても
おいかけても
ひらり
ひらり

夏の空の下
みどりのねこじゃらし
いくつも
いくつも
ゆれている

つかまえてごらん
つかまえてごらん

かあさんのように
よんでいる

ゆら　ゆら　ゆら
にげる　にげる
ねこじゃらし

ぴょん　ぴょん　ぴょん
はねて　はねて

おいかける

かあさん
あたらしいおうちで
楽しく
くらしているよ
みんな
かあさんのように
やさしいよ

かあさんは
お元気ですか

もういちど
かあさんのこねこに
もどりたい
ゆら　ゆら　ゆれる
みどりのしっぽを
おいかけたい

耳

そろそろ
おうちに入りなさい
サンダルをはいて
寒くなった庭へ行った
足が止まった

チューリップの球根を
植えたばかりの
花だんのそば
ねこが
じっと　座っている
しずかにして　と
言っている
背中

夕日の向こうに
ねこの国があるの
いつか
帰ってしまうの

ねえ
教えて

ねこの背中に
問いかける

身動きしない背中に
音のない声を
ぶつけてみる

何度も
何度も
くり返し

くり返し

ねこの耳が
あかく　透けている
夕日の声を聞いていたの

そっと　動く
しっぽ

ゆるゆる
力が　ほどけていく

ねこと一緒に
夕日をながめる

夕日の声を聞こうと
耳をすます
いちにちの終わりを告げる
かすかな音を
聞こうと

夜が近づく
足音を
聞こうと

霜柱

豆つぶよりも小さな
米つぶぐらいの背丈になって
氷の林の中を
あるいてみたい
ダッフルコートを着て
マフラーを巻いて
てぶくろをはめて

林のなかを
ずんずん　ずんずん
あるいて　あるいて
あるいていったら
氷のおしろがあるのかな

それとも
もっと　もっと
あるいて　あるいて
林を通り抜けたなら
なずなやはこべが咲く野原が
あるのかもしれない

でもね

えいっと
足をあげて
ぐしゃり
ぐしゃり
踏みつぶしてもみたいんだ

白い息で
手をあたためる

寒い朝

さびしいてぶくろ

オリオン座が明るく光る空の下
てぶくろがひとつ
道のはしに落ちていました
太い毛糸で
ざっくり編んだ
てぶくろが
凍てついた空を
見あげていました

夕方からずうっと
ひとりぼっち
このまま
夜を過ごすのはつらいよ
今夜は冷えこむよ

ため息ひとつ

毛糸のぼうしをかぶり
マフラーを巻いた女の子が
走ってきました
白い息を吐きながら

きょろ　きょろ
あたりを見回して
ふと
てぶくろと目が合いました

ここにいたのね
やっと　見つけた
よかった　よかった

ひびわれた指先が
てぶくろを
そうっと持ちあげました

ごめんね
ひとりぼっちにして
もう　落とさないよ

女の子は
右手にてぶくろをはめました
てぶくろが　ふたつ　そろいました

さがしに来てくれてありがとう

てぶくろは
女の子の　赤い　つめたい手を
あたためました

古書店で

表紙が少しゆがんで
色があせて
角が少しまるくなった
絵本

小さな声が聞こえた

よんで
よんで

もう　いっかい
もういっかい

きらきらしたわらい声

ページをめくる
かすかな紙の音
ぱたんと
本を閉じる音

くりかえし　聞こえてくる

絵本を読んでいる声が
聞こえる
少し　ほこらしげに

わたしも
同じ絵本を持っていた
何回も　何回も
読んでもらって
毎日　毎日
ページをめくって
いつか
そらんじていた

ある日
もう　コドモじゃない
強がりの宣言をして
遠ざけてしまった

コドモっぽい　と
言われたくなかった
からかわれたくなかった

今だって
つま先立ちをして
背伸びしている
自分でも

そんなに大きくないと
知っているのに
表紙を　そっと　なでた
小説は
また　次に
絵本を抱えて
レジへ向かった

Ⅱ　〈ママの笑顔〉

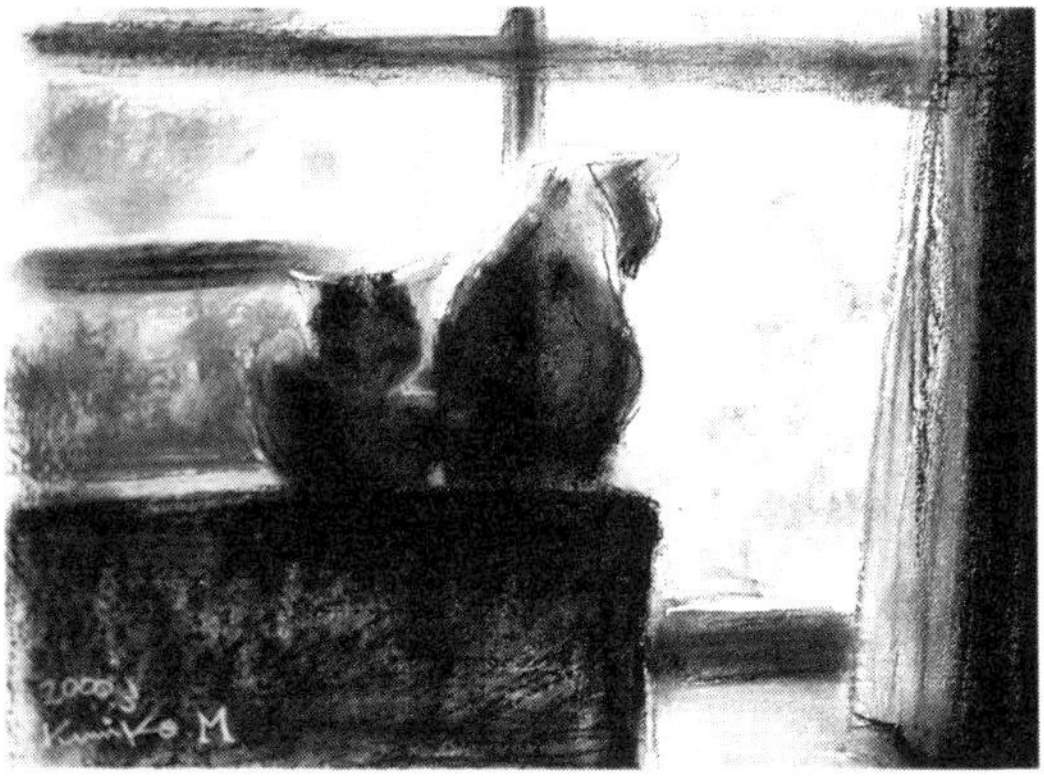

裏庭

きいろいバケツは
すいはんき
あかいシャベルは
しゃもじになった
チェックのシートは
カーペット
プリンカップのゆのみを
ならべた

小さなお部屋ができた

こしひもで
うさちゃんをおんぶ
えっちゃんは
くまちゃんをおんぶ
あかちゃんはつまんないよ
おかあさんがふたり

ごはん食べて
おちゃ飲んで
ああ　おいしいね

あかちゃんがないちゃった
ねんねんよう
おころりよう
いいこだ　いいこだ
ミルクかな
おむつかな

ホットケーキが焼けたよう
おうちのほうから声が聞こえる

いま　いくよう

おかあさん

おかあさん　ふたり
お部屋をとび出す

柿の木の下を
みけねこがあるいている
赤とんぼが
すうっと横切った
青い空はどこまでも
高く　高く

きいろいバケツがころがっている

きつねいろのホットケーキのうえ
バターがすこし　とけている
あたたかいミルクが入った
マグカップ　ふたつ
えっちゃんとふたりで
　いただきます

ママの笑顔

ママが編み物をしている

やわらかい毛布を
おなかにかけて
オルゴールのうたに
耳をかたむけて
ほほえみながら
編み棒を動かしている

オフホワイトの
おくるみが
できあがりそうだ

もう少し　したら
会えるね
ママ
トン　トン
足で合図した

ふと
編む手を止めて

ママは
とびきりの笑顔で
ゆったり
ゆったり
おなかをなでていた

ねんねのともだち

ながい耳に
くろいおめめ
首には
赤いリボンを結んでいる
ねねちゃんってよんでね
よろしくね

ママがね

しろい布と
くろいボタン
それに
ふわふわのわたで
つくったんだ

おふとんへ行くときは
いっしょだよ
泣きたくなったとき
さむいとき
ぎゅっと
だっこしてね

よなかに
おてあらいに行きたくなったら
いっしょに
行くよ

おふとんのなかで
楽しい夢を見ようね
もしも
こわい夢を見たなら
起こしてあげるよ

ママはね
あかちゃんに

おっぱいあげたり
おむつをかえたり
いそがしいんだ

今夜から
ずうっと
ねんねのともだち

とくとうせき

絵本を読んでくれたり
くすぐりっこしたり
うたをうたったり
歯をみがいてくれたり

かなしいときは
なぐさめてくれて
楽しいときには

いっしょにわらってくれる
ママのひざのうえ
あたしの
とっておきのいす

いまは
おとうとに
ゆずったの

おっぱいのんだり
あやしてもらったり
している
おとうと

ほら
にっこりわらっているよ
やさしいひざのうえで

ひざのうえで

ゴクン　ゴクン
音が聞こえそうなくらい
おかあさんのひざのうえで
おっぱい飲んでいる
ユキちゃん

ゴクン　ゴクン
くちがうごくたび

おかあさんのおっぱいが
小さくなって
ほっぺたがうごくたび
ユキちゃんが
大きく　大きくなって
おかあさんが
小さく　小さくなって
消えてしまいそうで

こわくなって目をとじた

おそるおそる
目をひらいてみたら

おかあさんは
いつものおかあさんで
白いおっぱいが
はちきれそうで

ひざのうえのユキちゃんに
ほほえみかけながら
おっぱいを飲ませていた

てのひら

何をにぎっているの
何をしまっているの

うまれたときから
手はにぎったまま
指をあけようとしても
すぐにとじてしまう
てのひら

何か大切なもの
かくしているの

もしかしたら
たからもの
ふたつ
おかあさんのおなかから
持ってきたの

わたしだけに
見せてちょうだい
おかあさんには
ないしょにしてあげるから

はっぱのうた

風がさらっと吹いたとき
けやきのはっぱたちが
うらにおもてに
ひるがえりながら
うたをうたうよ

ほらね
あそびつかれた

ふみちゃんが
おひるねしてる
はっぱのうたを聞きながら

ふみちゃん
おへそが見えてるよ

おかあさんが
そっと
タオルケットをかける

風がさらっと吹いたとき
公園で

わらい声が
きらきら　はじける
ジャングルジムのうえから
ゆれるブランコから
砂場から
はっぱもいっしょに
きらきら　うたう

どろんこの小さな手を
冷たい水で洗い
ガーゼのハンカチでぬぐう
大きなやわらかな手

風がさらっと吹いたとき
耳をすませてごらん
きらめくような
はっぱたちのうたに

かいじゅうに会いに

白いパンに
いちごジャム　ぬって
ピーナツバター　ぬって
サンドイッチ
ふたつ
できあがり

水筒に麦茶を入れる

コップを
ふたつ
用意する

窓の向こうのあの山に
かいじゅうが
すんでいるんだよ

かいじゅうに会ったら
サンドイッチ
いっしょに
食べるんだ
麦茶も飲もう

食べおわったら
かくれんぼに
おにごっこ
いっしょに
あそぼう

あそびつかれたら
うちにおいでって　言うよ
カステラと
つめたいミルクが
あるよって

今度は
積み木やブロックで
電車ごっこして
あそぼうよ

リュックを背負って
出かけよう
かいじゅうがいる
あの山へ

ほしいもの

あみもの　おしえて
おかあさん

右足と左足
あたままで
すっぽり　かくれてしまう
くつした
ほしいの

いちょうのはっぱのような
黄色
さざんかのはっぱのような
みどり色
みかんの色が
まざった
毛糸のくつした
ほしいの

お店にはないんだ

ずいぶん大きな

プレゼント
ほしいんだね
サンタクロースは
持ってきてくれるかしら

プレゼントじゃないよ

おおきな
おおきな
くつしたがあったら
かくれんぼ
できるよ

ねむくなったら
おひるねの
おふとんになるよ

キャンプにだって
持っていける
満天の星空の下で
眠ってみたいな

せかいにひとつだけ
自分だけの
くつした
つくりたいんだ

紙びな

おばあちゃんが
千代紙を持ってきた

大きな三角
小さな三角
おりたたみ
おりたたみ
めびなが

ひとつ
うまれた

おばあちゃんのてのひらのうえ
めびなのえがお
ぱっと咲いた

わたしも
桃の花のような
さくらの花のような
おひなさま
つくってみよう

角を合わせようとしても
ズレて
まがって

冷や汗かきながら
めびなが
ひとつ
できあがって

ふうっと　ため息

ほほをふくらませて
めびながにらむ

次は
うまく
つくるよ
きっと
たぶん

めびながら
目をそらし
千代紙を
ガサゴソ　かきまわす

ふふふふふ

ほほほほ

ふふふふふ

ほほほほほ

おばあちゃんの手から
うまれたばかりの
おびな
赤いめびなと
わらっている

こたつのうえに
春が
ぽっちり

うまれた

あとがき

十数年前のある日、私は詩を書きはじめました。詩というよりも、「詩のようなもの」といった方がいいかもしれません。詩らしきモノをせっせと書いては、いくつかの雑誌に投稿してきました。

そうした日々の中で、少年詩と出会いました。私は少年詩のおもしろさに目覚めました。少年詩はまさに、私が書きたいと思う詩だったのです。少年詩を書くようになり、詩作は私の日常になりました。

しかし、いつでも楽に詩が書けるというわけではありません。立ち止まり、迷い、悩み、時には居眠りをしながら、私のペースで、ほそぼそと書いてきました。そして、このたび一冊の詩集としてまとめることにしました。

詩人で評論家の菊永謙氏は、私を少年詩の世界へ誘い、詩作をはげましてくださいました。また、詩集発行への道を拓いてくださいました。

画家の三田久美子氏は、美しい表紙絵やさし絵を描いてくださいました。なお表紙絵等を詩集に載せるにあたり、高橋有仁氏にお力を借りました。詩集発刊に際して睦クリエイツの廣田稔明氏、四季の森社の皆さんにたいへんお世話になりました。

最後に私の詩作をずっと見守り続けてくれた夫、名嘉圭太に、感謝の思いを記してあとがきとします。

二〇一七年　二月

名嘉　実貴

著者　名嘉　実貴（なか　みき）
一九七一年生まれ、秋田市出身。
福島大学大学院修了
詩誌「みみずく」「縄」同人
現代少年詩の会会員を経て
草創の会「ざわざわ」会員
日本児童文学者協会会員

絵　三田　久美子（みた　くみこ）
一九四四年生まれ、長野県飯山市出身。
女子美術短大Gデザイン科卒業
アルファ・デザイン入社。退社後、絵画に専念する。
日本美術会会員
むさしの美術文化の会会員

撮影　高橋　有仁（たかはし　ゆうじん）
一九七五年生まれ、東京都出身。
横浜国立大学中退
むさしの美術文化の会会員

名嘉実貴詩集　オレンジ色のあかり
2017年4月15日　第一版第一刷発行
著　者　名嘉 実貴
絵　三田 久美子
発行者　入江 真理子
発行所　四季の森社
〒195-0073　東京都町田市薬師台2-21-5
電話　042-810-3868　FAX 042-810-3868
E-mail: sikinomorisya@gmail.com
印刷所　シナノ書籍印刷株式会社

ISBN978-4-905036-14-2 C0092